AF232899

ODE

SUR LA MORT

De Son Excellence Monseigneur le Duc
DE RICHELIEU.

Par FRANÇOIS-PAUL JOUAN, ancien Sous-Officier
des Volontaires Royaux de l'Eure.

EVREUX,

De l'Imprimerie d'ANCELLE fils.

1824.

A Madame

La Duchesse de RICHELIEU.

MADAME, recevez en ces momens d'allarmes,
Où le fatal destin signale son courroux,
L'hommage que ma Muse ose offrir à vos larmes,
Aux manes adorés de votre illustre époux.

Les yeux noyés de pleurs, dans un morne silence,
Chacun à vos regrets veut mêler ses douleurs :
Le nom de RICHELIEU, long-tems cher à la France,
En caractère d'or, est gravé dans nos cœurs.

Vous, digne, vertueuse et respectable épouse
D'un Prince, hélas ! qui fut aimé, béni de tous,
Ah ! tarissez vos pleurs : Atropos fut jalouse
Qu'il vécût un mortel généreux parmi nous.

J'entends les malheureux, dans leur douleur amère,
S'écrier : il n'est plus ! qu'allons-nous devenir !....
Ciel ! conserve toujours et veille sur leur mère ;
Jette encor quelques fleurs sur leur triste avenir.

Les destins l'ont ravi de cette terre impure,
Où le juste respire un air empoisonné ;
Mais il vit pour toujours à la race future ;
Pour le rendre immortel il nous est moissonné.

Si d'ici-bas, ô Ciel ! on l'a vu disparaître,
Sa mémoire, son nom, ne périront jamais ;
Madame, au dernier âge, on le verra renaître,
Et la postérité chantera ses bienfaits.

ODE
SUR LA MORT

De Son Excellence Monseigneur le Duc
DE RICHELIEU.

QUEL deuil est répandu sur toute la nature !
On n'entend plus les chants des nymphes des forêts ?
Les ruisseaux argentés suspendent leur murmure ;
    Et je vois des cyprès ?

Hélas ! un tombeau s'ouvre ! ô Dieu de ma Patrie !
J'entends des sons plaintifs s'élever dans les airs.
Quoi ! l'onde au loin mugit , et la vague en furie
    N'obéit plus aux mers.

Quelle sombre terreur ! d'où viennent tant d'allarmes ?
L'Echo redit partout les plus tristes accens....
Laissons tous , ô Français ! laissons couler nos larmes ,
    Et prodiguons l'encens.

Et le ciel et la terre annonçaient ce présage !
Non , RICHELIEU n'est plus , cet ami de son Roi ,
Français , il est victime , au milieu de son âge ,
    De la funeste loi.

De l'empire des Lys , ministre tutélaire ,
La parque te moissonne... ô trop malheureux jour !
Ciel ! au fatal ciseau , rien n'a pu le soustraire ,
Pas même notre amour.

Peuple , s'il nous fut cher , ce Prince magnanime ,
Couvrons , couvrons nos fronts de funèbres couleurs ;
L'impitoyable mort , immolant sa victime ,
Insulte à nos douleurs.

O fille de la nuit ! ô fille trop sévère !
Du fond du noir cahos , de ton séjour affreux ,
Tu devais respecter sa tête auguste et chère ,
Ou le rendre à nos vœux.

Qui peut donc nous guérir du coup le plus funeste ?
Que peuvent nos clameurs, ô malheureux mortels ?
Un Dieu consolateur , seul espoir qui nous reste ,
Nous attend aux autels.

ODESSA (ton nom seul éternise sa vie),
Ses soins ont élevé tes modernes remparts :
O brillante cité ! tu dois à son génie ,
Ton commerce et les arts.

Toi qui bénis ses Lois , Province hyperborée ,
Chante un Prince adoré, jusqu'au-delà des mers.
Aix, redis à jamais , à la France éplorée
Qu'il a brisé nos fers.

Si Louis le chérit , ALEXANDRE le pleure ;
L'Europe le regrette avec un noble orgueil ;
Son illustre moitié , depuis sa dernière heure ,
Gémit sur son cercueil.

Des rives du Dniester , jusqu'aux bords de la **Seine,**
Citoyens , vous pleurez un des fils de Pallas :
Ainsi , les fiers Romains déploraient de Mécène
Le funeste trépas.

Divinités des cieux , divinités champêtres ,
Au bruit de son trépas vous suspendez vos jeux ;
Un silence profond annonce à tous les êtres
L'instant le plus fâcheux.

Qu'un monument sacré soit la preuve fidèle
De nos justes douleurs , en ce funèbre jour ;
Qu'à nos derniers neveux cette marque rappèle
Sa gloire et notre amour.

Ses nobles actions , sa bonté , son courage ,
En dépit de la mort triomphent de ses coups ;
Et jusques au tombeau lui méritent l'hommage
Que nous lui rendons tous.

Son ame s'envola vers la céleste voûte ;
Et le ciel retentit d'harmonieux concerts.
Souffrons , sans murmurer , quelque prix qu'il en coûte ,
Le plus grand des revers.

Jouis, ô RICHELIEU ! jouis dans l'Empirée,
De ce parfait repos, seul prix de la vertu,
Les Anges, à l'envi, te disposent l'entrée
    Du bonheur qui t'est dû.

Résignons-nous, cessons notre plainte obstinée ;
Offrons-lui, tour-à-tour, des fleurs et de l'encens ;
Sa tombe, par nos mains, doit être couronnée
    Jusques aux derniers tems.

L'existence ici-bas est une erreur flatteuse ;
L'Eternel à son gré dispose de nos jours :
Ah ! c'est le plus souvent une mer orageuse
    Dont nous suivons le cours.

Dans ce tems où le ciel laissait couler nos larmes,
Où l'innocent tremblait sous le glaive assassin ;
De la France on a vu les parricides armes,
    Percer son propre sein.

D'un ramas de brigands, l'odieuse furie,
Répandait en tous lieux l'épouvante et l'horreur ;
Et les Cieux irrités frappèrent ma Patrie
    D'un fléau destructeur.

Le démon de l'erreur, le crime, les tempêtes,
Désolaient nos cités, planaient sur nos remparts,
Et la rébellion, émoussait sur nos têtes,
    Ses dards ensanglantés.

Du ténébreux séjour, les noires Euménides
Ont dressé, pour Louis , d'infâmes échafauds ;
Vous osez consommer..... ô bourreaux régicides !
    L'œuvre de tous nos maux.

Ma plume ici s'arrête , et mon cœur se resserre ,
Un triste souvenir vient m'arracher des pleurs ;
Hélas ! c'est des Français le Monarque , le père ,
    Que frappent leurs fureurs.

Tu permis au soleil , moteur de la nature ,
D'éclairer, de ce jour, le sanguinaire apprêt :
Ciel ! tu laissas dicter à la noire imposture ,
    Le régicide arrêt.

C'est toi qui l'as causé , ce crime trop funeste ,
Fatale ambition ! monstre horrible et cruel !
Ainsi , tu dirigeas le furieux Oreste
    Et l'infâme Cromwel.

Ah ! combien de ton joug , sans cesse tyrannique
Le juste , chaque jour , ressent le poids fatal :
Que de héros tombés , par ton prisme magique ,
    Au séjour infernal.

Ce que peuvent le fer , la flamme , le carnage ,
Sont de tes noirs projets le spectacle hideux ;
Tu souffles dans nos cœurs la plus farouche rage ,
    Et le crime et les feux.

Mais, c'est trop rappeler ces dégoûtantes scènes ;
Cher Prince , je te dois compte de mes instans :
Oublions, s'il se peut, que nous eûmes des chaînes
　　　Au règne des Titans.

Pardonnons , et laissons dans la nuit du silence
Des crimes que le Ciel a seul droit de punir :
Sous l'Empire des Lis , espère, ô belle France !
　　　Un plus doux avenir.

RICHELIEU n'eût jamais à rougir d'un parjure ;
Aucuns pensers impurs n'ont taché son grand cœur ;
Et sa bouche , en cent lieux , repoussant l'imposture ,
　　　Fut l'écho de l'honneur.

Aux BOURBONS , à LOUIS il demeura fidèle ,
Des illustres proscrits , il partagea l'exil :
Pour leur cause sacrée on vit briller son zèle ,
　　　Même au jour du péril.

Sa renommée en rien ne peut être flétrie :
Tandis que la révolte étendait ses fureurs ,
Sur un sol étranger , priant pour sa Patrie ,
　　　Il répandait des pleurs.

Il fut dans les conseils envers tous bon et juste ,
L'appui des malheureux , respectant tous les droits ,
Le Ministre et l'ami de ce Monarque auguste
　　　Dont nous aimons les lois.

Ses vertus soutenaient l'éclat du diadême ;
Il fut bon, il fut juste ; il défendit l'Autel ;
Ont l'eût pris pour un Ange, envoyé de Dieu même,
    Sous les traits d'un mortel.

Sa rigide équité, son ame bienfaisante,
Au faîte des grandeurs, semblaient cacher son rang ;
Ta main, ô mon héros ! n'a pas été puissante
    Au prix de notre sang.

Jamais l'audacieuse et basse flatterie
Ne l'a fait trébucher dans son piége imposteur :
Il n'a pas confié les soins de sa Patrie
    Au vil adulateur.

Tels furent autrefois les plus sages Ministres,
Chiverny, Villeroi, Harlay, Pothier, Sully ;
Changeant en jours sereins, les jours les plus sinistres,
    Aux jours heureux d'Henry.

Pour ajouter encor à sa munificence,
Pour sceller ses vertus, pour embellir son nom,
Les dons que de Louis la bonté lui dispense,
    Lui-même en fait un don.

Quel mortel fut plus grand ! quel mortel fut plus rare !
Qui peut mieux mériter et nos chants et nos pleurs !
Au premier des humains ma Muse le compare.
    Qu'il vive dans nos cœurs !